tango
Antike zum
Anfassen

Catull,
carmina

Bearbeitet von Dr. Andreas Sirchich von Kis-Sira

Mit 11 Abbildungen

Vandenhoeck & Ruprecht

Bildquellen:

S. 6: Edvard Munch, Selbstporträt mit Tulla Larsen (1905): Edvard Munch creator QS:P170,Q41406 Edvard Munch (https://commons.wikimedia.org/wiki/File:Edvard_Munch_-_Self-Portrait_Against_a_Green_Background_and_Caricature_Portrait_of_Tulla_Larsen.jpg), https://creativecommons.org/licenses/by/4.0/legalcode

S. 9: Jan Böhmermann: akg-images/Jazz Archiv Hamburg/Uli Glockmann

S. 11: Edvard Munch, Der Kuss am Strand im Mondschein (1914): akg-images

S. 13: Edvard Munch, Eifersucht (1913): akg-images

S. 15: Oh Jeff, I love you, too, but …: © Estate of Roy Lichtenstein/VG Bild-Kunst, Bonn 2021

S. 17: Jean-Baptiste Pigalle: akg-images

S. 19: Ernst Ludwig Kirchner, Rote Kokotte: akg-images/André Held

S. 21: Edvard Munch, Melancholie (1894): akg-images

S. 23: Edvard Munch, Frau in drei Stadien (1925): akg-images

S. 25: Edvard Munch, Verzweiflung (1893): akg-images

S. 27: Edvard Munch, Loslösung (1896): akg-images

Textquellen:

S. 4: Fried, Erich: Es ist was es ist. Liebesgedichte, Angstgedichte, Zorngedichte. Berlin 1996, 43.

S. 4: Tristan und Isolde des Gottfried von Straßburg. Hg. Kühn, Dieter. Frankfurt/Main 2003, Verse 204 f.

S. 5: Arnold, Matthias: Edvard Munch. Mit Selbstzeugnissen und Bilddokumenten. Reinbek b. Hamburg 1986, 7 und 89. Vgl. Rothenberg, Albert: Bipolar Illness, Creativity, and Treatment: PsychiatrQ 72 (2001) 131–147.

S. 18: Grillparzer, Franz: Sämtliche Werke. Bd. 1. München 1970, 398.

S. 21: Vgl. Sejkora, Klaus: Trennung oder Neubeginn? Hilfe für Paare in der Krise. Munderfing 2015, 254–258.

S. 25: Eggum, Arne: Das Weib, in: Weisner, Ulrich (Hg.): Edvard Munch. Liebe, Angst, Tod. Bielefeld 1980, 47–51, 50.

Bibliografische Information der Deutschen Nationalbibliothek:
Die Deutsche Nationalbibliothek verzeichnet diese Publikation in der
Deutschen Nationalbibliografie; detaillierte bibliografische Daten sind
im Internet über https://dnb.de abrufbar.

Umschlagabbildung: fotolia/Mavka

Satz: SchwabScantechnik, Göttingen
Druck und Bindung: ⊕ Hubert & Co. BuchPartner, Göttingen
Printed in the EU

Vandenhoeck & Ruprecht Verlage | www.vandenhoeck-ruprecht-verlage.com

ISBN 978-3-525-71158-3

Inhalt

Liebe Schülerin, lieber Schüler!

Liebe ist … – wie würdest du diesen Satz vollenden? Jeder Mensch macht seine eigenen Erfahrungen mit der Liebe, und so unterschiedlich die Menschen sind, so unterschiedlich werden die Antworten ausfallen. Vielleicht gibt es *die* Liebe aber auch nicht, denn die Liebe zwischen Eltern und Kindern ist etwas anderes als die zwischen Freunden, und die wiederum ist etwas anderes als die zwischen Partnern. Vielleicht *ist* Liebe aber auch nicht, sondern entwickelt sich oder setzt sich aus ganz vielen verschiedenen Facetten zusammen, ohne nur die Summe dieser Facetten zu sein. »Es ist, was es ist«, lässt der Dichter Erich FRIED die Liebe auf die Frage, »was es ist«, antworten. Vielleicht sind also die drei Punkte am Anfang fehl am Platz – Liebe ist.

»Wen nie die Liebe leiden ließ, dem schenkte Liebe niemals Glück«, fasst Gottfried VON STRASSBURG das Grundproblem des Menschen zusammen, das Positive nie ohne das Negative erleben zu können. Und wer würde schon behaupten, Liebe wäre immer nur schön? Wer liebt, öffnet sein Innerstes und macht sich verletzlich. Liebe kann auch umschlagen, zerbrechen, zerstören.

Dem römischen Dichter Gaius Valerius Catullus, kurz: Catull, dem diese Ausgabe gewidmet ist, bräuchte man das sicher nicht zu erklären. Er lebte in der Mitte des ersten Jhs. v. Chr. – seine Gedichte sind jedoch zeitlos, da sie von den tiefsten Empfindungen des Menschen berichten. Er gehörte zum Dichterkreis der sog. »Neoteriker«, die die großen Epen im Stile Homers ablehnten und lieber das Kleine, Alltägliche, Menschliche in den Mittelpunkt stellten. So persönlich und emotional die Gedichte sind, so sehr sind sie bis ins kleinste Detail durchkomponiert, um maximale Wirkung zu erreichen. In ihnen verspottet und verschmäht er Personen des öffentlichen Lebens, darunter sogar Prominente seiner Zeit wie Cicero oder Caesar, richtet aber auch freundschaftlich-liebevolle Gedichte an Freunde und beschreibt anschaulich Beobachtungen, Stimmungen und Gefühle.

Den Dreh- und Angelpunkt seiner Dichtung bildet jedoch eine Reihe von Liebesgedichten an eine Frau, der er den Decknamen »Lesbia« gibt. Sie war verheiratet, umgab sich aber stets mit zahlreichen Verehrern und Liebhabern. Ob es diese Frau nun wirklich gab oder es sich bei all den Beschreibungen in Catulls Gedichten um eine literarische Erfindung handelt, lässt sich nicht zweifelsfrei beantworten. In Bezug auf sich selbst verbittet sich Catull den Schluss von seinen Texten auf seine Person (vgl. c. 16); entsprechend wäre auch ein Schluss auf eine reale Geliebte nicht angemessen. Viel entscheidender ist, dass er in der Dokumentation der Beziehung zu dieser Frau tiefe Einblicke in die Seele eines Liebenden gewährt. Lesbia zieht den Sprecher mit ihrem selbstbewussten Wesen und ihrer Schönheit, ihrer Bildung und Schlagfertigkeit, ihrem Charme und Esprit so in den Bann, dass er ihr völlig verfällt, und gewinnt, obwohl sie sich auf Augenhöhe begegnet waren und die Faszination auf Gegenseitigkeit beruhte, zunehmend Macht über ihn. Ob es sich bei diesem Konstrukt wiederum um wahre Liebe oder ein erotisches Spiel rein sexueller Natur handelt, ist ebenso seit jeher Streitfrage der Forschung. Klar ist lediglich, dass es ein Spiel mit dem Feuer ist, ein Drama um Begehren und Entziehen, um Kämpfen und Verlieren, um Selbstzweifel und Selbstmitleid, um Eifersucht und das, »was es ist«.

Im Sprecher entfacht dieses Spiel ein Gefühlschaos, das er in den Worten zusammenfasst: *Odi et amo.* Er erhöht die Beziehung über alle Maße, vergleicht sie sogar mit den Göttern (vgl. c. 68), und dennoch wendet sich Lesbia zunehmend von ihm ab und anderen Männern zu, bis die Liebe zerbricht und er wie eine Blume, über die der Pflug fährt, geknickt und ebenso gebrochen wird (vgl. c. 11). Eine Schlüsselstellung wird c. 8 einnehmen, in dem der Sprecher bekennt, er habe es nie zu träumen gewagt, dass Lesbia eine Liebesbeziehung zu ihm nicht nur eingehen, sondern sogar selbst initiieren würde – um ihn just in dem Moment fallen zu lassen, als interessantere Männer auftreten, während er mittlerweile sein Leben auf sie ausgerichtet hatte und dafür ausgenutzt worden war. *Odi et amo* – das Wesen dieser Gefühlsmischung in der Ausprägung der Liebesbeziehung gilt es, durch die vorliegende Auswahl aus seinen 116 Gedichten zu ergründen. Es geht um das Erleben und Mitempfinden der Gefühlswelt eines in sich zerrissenen Menschen, an die sich die Textauswahl anzunähern versucht.

Auch die Bildauswahl soll dabei helfen – du wirst sehr viele Bilder von Edvard MUNCH (1863–1944) finden, einem auch für sein schwieriges Verhältnis zu Frauen bekannten Künstler. MUNCH, an einer bipolaren Störung leidend, war sich nach Matthias ARNOLD »bewußt, daß sein Werk in hohem Maße von seiner physisch und psychisch labilen Verfassung abhängig« war, und dessen Beziehung mit Tulla Larsen bezeichnet der Kunsthistoriker als »Haßliebe: Einerseits war er erotisch stark von diesem Mädchen angezogen, andererseits fühlte er sich von ihr bedrängt, eingeengt, ja existenziell bedroht. […] Das Scheitern war schon im Beginn angelegt, und Munch konnte dann seine Rolle als gequälter, verfolgter Liebhaber spielen, […] aus der er soviel Material für seine Kunst schöpfen konnte.«

Du wirst bei der Lektüre schnell bemerken, dass Catull in seiner Sprache und Wortwahl klar, direkt und deutlich ist, die Texte aber dennoch bzw. gerade dadurch sehr dicht sind. Gedichte besitzen in ihrer Kürze eine besondere Schönheit und Kraft, was den Leser gänzlich einnehmen kann. Sie laden dadurch zum unmittelbaren Miterleben ein – versuche daher, dich von streng grammatikalischem Denken zu lösen! Lasse dich lieber vom Geist der Texte inspirieren, und anstatt zu »konstruieren«, also nacheinander Satzglieder zu suchen, wage es einmal, »Wort für Wort« zu übersetzen. Frage bei jedem Wort, was es in dir auslöst, welche Erwartung du an den Inhalt knüpfst. Fragen und Arbeitsaufträge zur Grammatik sollen in besonderem Maße aufzeigen, dass eben diese eine dienende Funktion hat und kein Selbstzweck ist.

Entsprechend findest du im Anhang zwei Hilfsmittel, die für das Erleben von Dichtung unabdingbar sind: Metrik und Stilmittel. Eine metrische Analyse hilft dir, den Text so zu lesen, wie er vorgetragen werden sollte – das ist der erste Schlüssel zum Text. Eine stilistische Analyse ist der zweite, sind Stilmittel doch Werkzeuge von Sprache und Ausdruck, die ein Autor bewusst einsetzt, um damit das Tor zu einer Lebenserfahrung jenseits des Verstandes aufzusperren, die sich nur noch erahnen, nicht mehr aber in Worte fassen lässt. Eine metrisch-stilistische Untersuchung ist daher in jedem Fall nötig und grundsätzlich vorzunehmen, auch wenn keine expliziten Arbeitsaufträge dazu formuliert werden. Solche gibt es nur, wenn der Blick auf ein ganz besonderes oder zentrales Phänomen gerichtet werden soll, auf das die Interpretation grundlegend aufbaut. Hyperbata (Erklärung s. S. 30) sollten vor der Übersetzung unbedingt aufgelöst werden!

Am Ende sollen die Einblicke in die Gefühlswelt des Sprechers zu Besinnungen über das Leben an sich einladen, über den Menschen in seinen Beziehungen und seine allzu oft enttäuschte Sehnsucht nach Anerkennung, Halt, Geborgenheit und Liebe. Ein fortlaufender Impuls könnte daher sein, tabellarisch immer wieder mögliche Gefährdungen einer Liebesbeziehung zusammenzustellen sowie wirksame Gegen- bzw. Hilfsmittel, die für ein dauerhaftes Funktionieren von Beziehungen erforderlich bzw. wünschenswert sind, zu suchen.

1 Hass und Liebe – extreme Gefühle

Aufgaben vor der Übersetzung

1. Markiere alle Prädikate und bestimme sie nach Person, Numerus, Modus, Tempus und Genus Verbi. Übersetze sie ganz genau. Beschreibe erst jeweils einzeln die Gefühle des Sprechers und dann dessen gesamte Gefühlslage.

2. Übersetze den ersten Satz. Versuche, dich in die Stimmung hineinzuversetzen. Berichte von eigenen entsprechenden Erfahrungen.

Carmen 85

Catulls 85. Gedicht, eines der berühmtesten der Weltliteratur, benötigt keine Worte vorab:

1   Odi et amo. Quare id faciam, fortasse requiris.
    Nescio. Sed fieri sentio et excrucior.

excruciāre: martern, quälen, peinigen

A1 Beschreibe vor dem Hintergrund des Textes, wie Edvard Munch seine innere Zerrissenheit in Bezug auf seine damalige Partnerin darstellt.

A2 Zeige an den beiden Übersetzungsversuchen auf der nächsten Seite Gründe für die Unmöglichkeit auf, das Gedicht angemessen übersetzen zu können.

A3 Muss Hass das Gegenteil, der Anfang vom Ende von Liebe sein? Versuche, dich anstatt mit einer Übersetzung in Form eines Essays an das Gedicht anzunähern, indem du zunächst mit Holm Folgen widersprüchlicher Gefühle aufzeigst, mit Schmidbauer den Begriff »Ambivalenz« definierst und die bei Ley genannten Lebensbereiche mit konkreten Beispielen füllst und ergänzt (z. B. Körperlichkeit, Staat und Gesellschaft, …). Entwickle dann eigene Lebensperspektiven angesichts des Umstands, immer neu widersprüchliche Spannungen aushalten zu müssen.

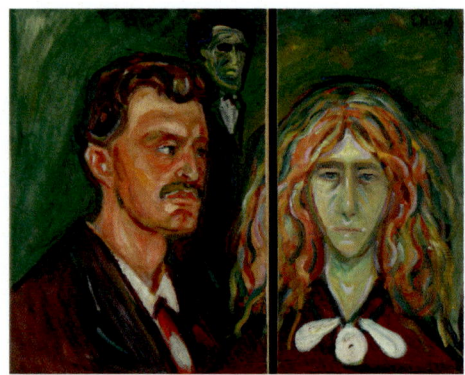

Edvard Munch, Selbstporträt mit Tulla Larsen, 1905.

Zusatztexte: Liebe und Hass

Oh, ich hasse und liebe! Weshalb ich es tue, du fragts wohl.
    Weiß nicht! Doch daß es geschieht, fühl ich – unendlich gequält.

Catull: Sämtliche Gedichte. […] übersetzt von Otto WEINREICH. Zürich 1970, 271.

Hassen und lieben muß ich. Warum ich das muß, wirst du fragen.
    Weiß ichs? Ich fühle, so ists, trag es, gekreuzigt zu sein.

Catullus: Sämtliche Gedichte. […] Neu übersetzt von Carl FISCHER. […] München 1987, 147.

Liebeshass

Weiss nicht, ist es Liebe, Hass,
Was ich für dich fühle,
Weiss nur, brennet weh und heiss,
Was ich für dich fühle.

Weiss nicht, ist es Segen, Fluch,
Was du mir gegeben,
Weiss nur, dass du schwer und reich
Mir gemacht das Leben.

Weiss nicht, ob du je und je
Mir wirst Liebe reichen,
Weiss nur, dass, wenn ich es denk,
Meine Wangen bleichen,

Dass ich dich mit kaltem Mut
Würde gehen heissen,
Lachen deiner Liebesglut
Und dein Herz zerreissen.

Mia HOLM (1845–1912): Verse. München 1900, 10 f.

»**Ambivalenz:** Doppelwertigkeit oder Doppeltgerichtetheit. In der Psychologie nach E. Bleuler das gleichzeitige Auftreten gegensätzlicher Gefühle wie Hass–Liebe, Angst–Lust. Vielleicht jedes starke Gefühl trägt als unbewussten Gegenpol einen Ansatz zur Ambivalenz in sich, wobei das Modell der frühen Kindheit eine wichtige Rolle spielt: Die Eltern werden geliebt und als Verkörperung einschränkender »Erziehungsmaßnahmen« gehasst. […]«

Wolfgang SCHMIDBAUER: Lexikon Psychologie. Reinbek bei Hamburg 2001, s.v. Ambivalenz.

»Liebe und Hass sind die Kehrseiten derselben Medaille und enthalten ein hohes Ambivalenzpotenzial. Beide, Liebe und Hass, bedeuten Bindung. Heute weiß man, dass Hass eine noch intensivere Bindung an einen Menschen bedeutet als Liebe. Menschen erleben Ambivalenz: Liebe und Hass für dieselbe Person. Bei ihr bleiben und sie gleichzeitig verlassen wollen. […] In jeder noch so guten Beziehung müssen antagonistische Gefühle ausgehalten werden, Liebe und Hass, Anhänglichkeit und Autonomie, Nähe und Distanz, Verantwortung und Egoismus. In jeder nahen Beziehung müssen diese Gefühle ausbalanciert werden. Die Fähigkeit, Ambivalenz zu ertragen, bedeutet, lieben zu können, ohne zu verschmelzen, und hassen zu können, ohne das Gegenüber zerstören zu wollen. […] In hohem Maß generiert die heutige Gesellschaft […] viele dichte und tiefe Ambivalenzen in allen Lebensbereichen, denken wir an die Familie, den Beruf, die Beziehungen, die Kommunikationstechnologie. Alle Lebensbereiche sind, wenn man so will, ambivalent […] geworden.«

Katharina LEY: Tu, was dich anlächelt. Von der Qual der Wahl zur Fülle des Lebens. Freiburg/Br. 2012, 35 f. 39.

2 Reiner Hass – die »Invektiven«

Aufgaben vor der Übersetzung

1. Markiere alle Wort- bzw. Satzwiederholungen. Notiere weitere Auffälligkeiten zum Aufbau des Gedichts. Wage damit eine erste Deutung.

2. Markiere alle im Vokativ angesprochenen Personen sowie alle geografischen Bezeichnungen, außerdem die zeitgeschichtlichen und mythologischen Anspielungen. Informiere dich über diese. Versuche, die genannten Personen zu identifizieren.

Carmen 29

In seinen Invektiven, d. h. Schmähgedichten, holt Catull gerne zu Rundumschlägen gegen bekannte wie unbekannte Personen aus, die seinen Idealvorstellungen (v. a. im Bereich von Sexualität, aber auch Körperhygiene, Bildung, Geschmack usw.) widersprechen. Eine der beliebtesten Zielscheiben seines spottenden Hasses ist Mamurra, ein Günstling Caesars.

1 Quis hoc potest videre, quis potest pati
   (nisi impudicus et vorax et aleo)
   Mamurram habere, quod Comata Gallia
   habebat ante et ultima Britannia?

5 Cinaede Romule, haec videbis et feres?
   Et ille nunc superbus et superfluens
   perambulabit omnium cubilia,
   ut albulus columbus aut Adoneus?
   Cinaede Romule, haec videbis et feres?

10 Es impudicus et vorax et aleo.
   Eone nomine, imperator unice,
   fuisti in ultima occidentis insula,
   ut ista vestra diffututa Mentula
   ducenties comesset aut trecenties?

15 Quid est aliud sinistra liberalitas?
   Parum expatravit an parum elluatus est?
   Paterna prima lancinata sunt bona,
   secunda praeda Pontica, inde tertia
   Hibera, quam scit amnis aurifer Tagus.

20 Nunc Galliae timetur et Britanniae.
   Quid hunc malum fovetis? Aut quid hic potest,
   nisi uncta devorare patrimonia?
   Eone nomine, urbis o piissimi
   socer generque, perdidistis omnia?

hoc: *Bezieht sich auf den AcI in V.3* – **quis … nisī:** wer außer – **impudīcus:** *Subst.:* Scheusal – **vorāx:** *Subst.:* Vielfraß – **āleo:** Spieler

cinaedus: *vulgär:* Schwuchtel – **superfluere:** Überfluss haben – **perambulāre:** durchwandern – **cubīle, is** (n.): Bett – **albulus:** weiß – **columbus:** Täuberich – **Adōneus:** Adonis (Geliebter der Venus)

ūnicus: der einzige – **occidēns, entis** (m.): Westen – **diffutūtus:** schlapp, abgeschlafft – **Mentula:** *vulgär:* Schwanz (Spottname für Mamurra, im Hinblick auf dessen Lebenswandel) – **eō nōmine:** in der Absicht – **du-/trecentiēs:** *hier etwa:* ein riesiges Vermögen – **comedere, ō, ēdī, ēsum:** verprassen – **liberālitas:** Großzügigkeit – **expatrāre/ēlluārī:** vergeuden, verprassen – **paternus** ~ patrius – **lancināre:** *hier:* aufzehren, verzocken – **amnis:** Fluss – **aurifer:** Gold führen – **timēre** (+Dat.): um etw. fürchten – **fovēre:** begünstigen – **ūnctus:** fett, reich – **dēvorāre:** verschlingen – **patrimōnium:** Erbe – **socer/gener:** Schwiegervater/-sohn

A1 Gliedere das Gedicht. Fasse den Inhalt der Teile in einer kurzen Überschrift zusammen und benenne die entsprechenden Gliederungssignale.

A2 Fasse Catulls Kritikpunkte in eigenen Worten zusammen.

A3 Während Mamurra namentlich genannt und kritisiert wird, erscheint die Kritik an zwei weiteren Personen versteckter, nämlich an Caesar sowie Pompeius. Entsprechend uneins ist sich die Forschung, wen von beiden Catull mit *cinaede Romule* anspricht. Entscheide die Frage und begründe auch den Bezug auf den legendären Gründer Roms. Beziehe die Verse aus c. 57: »Das passt ja super bei diesen schamlosen Schwuchteln, / Mamurra und Caesar, der Tunte«, sowie c. 93: »Nichts im Übermaß! Ich gebe mir ja schon Mühe, Caesar, dir gefallen / und nicht wissen zu wollen, ob du beim Sex mit einem Mann der passive oder aktive bist«, in deine Überlegungen ein.

Jan Böhmermann, 2013.

A4 Der Moderator Jan Böhmermann erregte mit seinem Gedicht »Schmähkritik« großes Aufsehen in den Medien. Seine Äußerungen über den türkischen Staatspräsidenten Erdogan lösten Grundsatzdiskussionen über Möglichkeiten und Grenzen von Satire und der Freiheit von Kunst und Meinung aus. Informiere dich über diese sog. »Böhmermann-Affäre«, verorte den Catull-Text in dem Problemfeld und diskutiere die Problematik für uns heute.

A5 Fasse zusammen, wie nach Aristoteles Literatur entstand und wozu sie dient. Beurteile nach diesem die literarische Qualität von c. 29. Entwirf eigene Kriterien für »gute Literatur«.

Zusatztext: Was ist und wozu dient gute Literatur? (Aristoteles, Poet. 1448b20–33 gek.)

Da es also zu unserer Natur gehört, <eine Fähigkeit zum> Nachahmen, zu musikalischer Harmonie und Rhythmus zu haben […], haben die, die dazu die größte Begabung hatten, die Dichtung […] zur Kunstform ausgebildet. Auseinanderentwickelt aber hat sich die Dichtung nach den Charakteren der Dichter. Die Ernsthafteren ahmten schöne Handlungen und die ebensolcher Charaktere nach, die Leichtfertigeren das Handeln gewöhnlicher Charaktere. Zuerst verfassten diese deshalb Invektiven, wie die anderen Loblieder auf Götter [Hymnen] und Menschen [Enkomien]. […] Bei diesen Invektiven entwickelte sich als passende Form das jambische Metrum. Daher stammt auch unsere heutige Bezeichnung ›Jambus‹ [Versmaß der Invektive], denn in diesem Metrum verspottete man einander.

Aristoteles, Poetik. Übersetzt und erläutert von Arbogast Schmitt. Berlin 2008, 6 f.

3 Reine Liebe, echte Freundschaft – Höhenflug der Gefühle

Aufgaben vor der Übersetzung

1. Stelle aus beiden Gedichten Ausdrücke für Zuneigung und Zärtlichkeit zusammen. Beschreibe, ggf. mittels weiterer Schlüsselwörter, die Stimmung der Gedichte.

2. Bestimme im ersten Gedicht die Prädikate nach Person, Numerus und Tempus.

3. Notiere erste Eindrücke vom Aufbau der Gedichte.

Carmina 9 und 7

Das Gefühl echter Zuneigung empfindet der Sprecher in der Form der Freundschaft, aber auch der Liebe. Beidem gemein ist der Überschwang – im einen Fall bei der langersehnten Rückkehr seines Freundes Veranius, im anderen im Verliebtsein, das am Anfang einer jeden Liebe, besonders aber der zu Lesbia, steht.

1	Verani, omnibus e meis amicis	**antistāre:** hervorragen – **trecentī:**
	antistans mihi milibus trecentis:	dreihundert – **penātēs** (m./Pl.):
	Venistine domum ad tuos penates	Penaten (Hausgötter) – **ūnanimus:**
	fratresque unanimos anumque matrem?	einmütig – **anus, ūs** (f.): *als*
5	Venisti – o mihi nuntii beati!	*Apposition:* alt, greis
	Visam te incolumem audiamque Hiberum	**vīsere, ō, ī, vīsum ~ vidēre** –
	narrantem loca, facta, nationes,	**Hibērus:** Ebro (Fluss in Spanien) –
	ut mos est tuus, applicansque collum	**audiam … nārrāntem** (+Akk.):
	iucundum os oculosque saviabor.	ich werde deinen Erzählungen
10	O quantum est hominum beatiorum?	von … lauschen – **collum**
	Quid me laetius est beatiusve?	**applicāre:** umarmen – **sāviārī:**
		küssen – **quantum est** (+Gen.):
		wie viele … gibt es – **mē:** *Abl.*
		comp.: als ich

1	Quaeris, quot mihi basiationes	**bāsiātio, ōnis** (f.): *im Pl.:* Küsse
	tuae, Lesbia, sint satis superque. –	
	Quam magnus numerus Libyssae arenae	**Libyssus:** libysch – **lāsarpīcifer,**
	lasarpiciferis iacet Cyrenis,	a, um: Sylphium tragend (eine
5	oraclum Iovis inter aestuosi	Heilpflanze) – **Cȳrēnae:** Kyrene
	et Batti veteris sacrum sepulcrum,	(Stadt in Libyen) – **ōrāclum:**
	aut quam sidera multa, cum tacet nox,	Orakel – **aestuōsus:** glühend heiß –
	furtivos hominum vident amores,	**Battus:** *Eigenname* (Gründer von
	tam te basia multa basiare	Kyrene) – **sepulcrum:** Grabstätte
10	vesano satis et super Catullo est,	**fūrtīvus:** heimlich
	quae nec pernumerare curiosi	**bāsium:** Kuss – **bāsiāre:** küssen
	possint nec malā fascinare linguā.	**vesānus:** wahnsinnig, rasend
		pernumerāre: zählen –
		cūriōsus: neugierig – **fascināre:**
		verwünschen

A1 Benenne vergleichend die Stilmittel, die jeweils den Überschwang der Leidenschaft untermalen. Prüfe, ob sie sich in Bezug auf Freundschaft bzw. Liebe unterscheiden. Achte auch auf die lautliche Gestaltung der Verse.

A2 Zeige an den beiden Texten, wie hier Freundschaft und Liebe zusammenhängen. Nimm kritisch Stellung zum Spruch: »Liebe vergeht, Freundschaft besteht.«

A3 Beschreibe das Bild von Edvard MUNCH und setze es in Bezug zum zweiten Text. Sucht weitere Kussdarstellungen in der Kunst und stellt sie in der Klasse vor.

A4 Ein Kuss kann sehr ambivalent sein. Beschreibe GRILLPARZERS Haltung dazu und setze sie in Bezug zu den Texten. Informiere dich über positive und negative Formen, Zusammenhänge und Bewertungen des Küssens. Berichtet in der Klasse darüber.

Edvard Munch, Der Kuss am Strand im Mondschein, 1914.

Zusatztext: »Kuss«

»Auf die Hände küßt die Achtung, / Freundschaft auf die offne Stirne, / Auf die Wange Wohlgefallen, / Selge Liebe auf den Mund; / Aufs geschloßne Aug die Sehnsucht, / In die hohle Hand Verlangen, / Arm und Nacken die Begierde, / Überall sonst hin Raserei.«
Franz GRILLPARZER: Sämtliche Werke, Bd. 1. München 1960, 109.

4 Wie sich Liebende hassen – Hassliebe oder Liebeshass?

Aufgaben vor der Übersetzung

1. Markiere alle Ausdrücke aus dem Sachfeld »Sagen und Sprechen«. Bestimme sie nach Person, Numerus, Modus, Tempus und Genus Verbi. Nenne je das Subjekt dazu.

2. Markiere sämtliche Gegensätze innerhalb der Gedichte.

3. Markiere alle Wörter, die sich (ggf. in anderer Flexionsform) wiederholen – innerhalb des jeweiligen Gedichts und zwischen den Gedichten.

Carmina 83, 92 und 104

Was sich liebt, das neckt sich – paradox? Ist an dieser Redensart etwas dran, fühlen zwei Menschen, die sticheln und sich hänseln, vor Dritten über den anderen witzeln, etwas füreinander? Kann denn Necken eine Form des Flirts, üble Nachrede beziehungsfördernd, Fluchen ein Liebesbeweis sein? Oder tut man das nicht, schlecht über einen geliebten Menschen reden?

1 Lesbia mi praesente viro mala plurima dicit:
    Haec illi fatuo maxima laetitia est.
Mule, nihil sentis? Si nostri oblita taceret,
    sana esset. Nunc, quod gannit et obloquitur,
5 non solum meminit, sed, quae multo acrior est res,
    irata est! Hoc est: Uritur et loquitur.

> **praesente virō:** in Anwesenheit ihres Mannes – **fatuus** *Subst.:* Trottel
> **mūlus:** Maultier
> **sānus:** gescheit, gesund – **gannīre:** kläffen, blaffen – **obloquī:** schimpfen – **quae … rēs:** und das ist noch viel schlimmer! – **ūrere:** brennen

1 Lesbia mi dicit semper male nec tacet umquam
    de me: Lesbia me, dispeream, nisi amat.
3 Quo signo? quia sunt totidem mea: Deprecor illam
    assidue, verum dispeream, nisi amo.

> **dispeream:** ich will verrecken (starke Beteuerung) – **Quō signō? … mea:** *etwa:* Gibt es einen Beweis? Ja, mich selbst! – **dēprecārī:** *hier:* verfluchen – **assiduē** (Adv.): in einem fort

1 Credis me potuisse meae maledicere vitae,
    ambobus mihi quae carior est oculis?
3 Non potui, nec, si possem, tam perdite amarem.
    Sed tu cum Tappone omnia monstra facis.

> **maledicere:** schmähen
> **perditus:** heillos, verzweifelt
> **Tappō,** ōnis (m.): *Eigenname* (ggf. metaphorisch »Einfaltspinsel«, aber der Vers ist nicht eindeutig überliefert) – **omnia mōnstra facis:** *etwa:* du siehst überall Gespenster; du redest Unsinn

A1 Gliedere die Gedichte jeweils mit Hilfe der aufgezeigten Gegensätze und leite daraus die momentane seelische Verfassung des Sprechers ab. Zeige, wie jeweils die Pointe erzeugt wird.

A2 Stelle jeweils die Motivation dar, aus der heraus schlecht über den jeweils anderen geredet wird und welche Gefühle damit verbunden sind. Beurteile die Beziehung der Personen zueinander. Stelle in sprachlicher und gedanklicher Hinsicht eine Verbindung zwischen den Gedichten her. Prüfe, ob das dritte Gedicht ggf. besser an erster Stelle stehen würde.

A3 Das Motiv der Eifersucht beschäftigt den Maler Edvard Munch in vielen Bildern. Beschreibe mit Hilfe des Bildes seine Sicht auf die Problematik einer Dreiecksbeziehung. Setze sie in Bezug zum Text. Suche weitere passende Darstellungen dieses Malers.

Edvard Munch, Eifersucht, 1913.

A4 Zeige mit Hilfe der Verse von Properz, aus welchen Gründen die Annahme des Sprechers, Lesbias Schelte sei ein Liebesbeweis, für das antike Denken nicht abwegig war. Zeige aber auch mögliche Gründe auf, nach denen er umgekehrt vehement abstreitet, sie zu schelten.

A5 »Was sich liebt, das neckt sich.« – Diskutiert diese Redensart im Hinblick auf die Frage, wie Paare im Verlauf ihrer Beziehung mit- und übereinander reden (sollten).

Zusatztext: Lieben und Streiten (Properz, Eleg. III,8,1–18 gek.)

Den Streit mit dir zu vorgerückter Stunde fand ich schon geil und all die Beschimpfungen mit deiner aufgebrachten Stimme. O ja, reiß' mir beherzt an den Haaren und zerkratz' mir mit deinen schönen Nägeln das Gesicht, droh' mir die Augen mit Feuer auszubrennen und reiß' mir die schon zerfetzten Kleider noch vollends vom Leib! […] Daran erkenne ich schließlich deine Leidenschaft, denn ohne starke Liebe macht das eine Frau nicht. […] Schimpft eine Frau mit wütender Zunge, […] erkannte ich daran schon oft ihre sichere Liebe. Übersetzung des Autors.

5 Versprech(ung)en – für immer und ewig?

Aufgaben vor der Übersetzung

1. Notiere erste Eindrücke von der jeweiligen Gestaltung der Gedichte.

2. Markiere überblicksweise alle Ausdrücke aus dem Sachfeld »Sagen und Sprechen«. Vergleiche sie mit denen aus Kap. 4. Suche und bestimme dann die Ausdrücke aus dem Sachfeld »Leidenschaft und Liebe«. Ordne sie dem Sprecher bzw. Lesbia zu.

3. Markiere Steigerungen bzw. Übertreibungen sowie Vergleiche. Achte dabei v. a. auch auf korrespondierende Ausdrücke. Beschreibe abschließend die jeweilige Stimmung der Gedichte und ziehe eine gedankliche Verbindungslinie.

Carmina 87, 70 und 72

Zu lieben macht verletzlich, und in der Liebe verletzt oder enttäuscht, vor allem aber getäuscht zu werden, erzeugt Wunden, die nur schwer heilen und Narben hinterlassen. Was macht das mit einem Menschen, der bedingungslos vertraut und liebt?

1 Nulla potest mulier tantum se dicere amatam	
vere, quantum a me Lesbia amata mea est.	**vērē** (Adv.): wahrhaft
3 Nulla fides ullo fuit umquam foedere tanta,	**foedus,** eris (n.): Bündnis, Bund
quanta in amore tuo ex parte reperta meā est.	**tuō:** *hier:* zu dir – **ex parte meā:** von meiner Seite aus
1 Nulli se dicit mulier mea nubere malle	
quam mihi, non si se Iuppiter ipse petat.	
3 Dicit – sed mulier cupido quod dicit amanti,	**cupidō:** *vom Adjektiv* cupidus
in vento et rapidā scribere oportet aquā.	**rapidus:** reißend schnell
1 Dicebas quondam solum te nosse Catullum,	**quondam:** einst
Lesbia, nec prae me velle tenere Iovem.	
Dilexi tum te non tantum ut vulgus amicam,	
sed pater ut gnatos diligit et generos.	**gnātus:** Sohn – **gener,** ī (m.): Schwiegersohn – **impēnsus:** drängend, heftig – **vīlis,** e: gleichgültig – **levis,** e: *hier:* unbedeutend – **Quī potis est?:** Wie ist das möglich?
5 Nunc te cognovi. Quare etsi impensius uror,	
multo mi tamen es vilior et levior.	
Qui potis est, inquis? quod amantem iniuria talis	
cogit amare magis, sed bene velle minus.	

A1 Fasse jeweils die Grundaussage in eigenen Worten zusammen. Zeige auf, was den Sprecher jeweils zweifeln lässt, sich Lesbias Zuneigung sicher sein zu können.

A2 Beschreibe das Bild rechts. Setze es in Bezug zum Text.

A3 Stelle alle Aussagen über die Geliebte und den Liebenden gegenüber. Beurteile deren Verhalten, indem du (unter Beiziehung von Ovid) die Rolle der Ehrlichkeit in einer Liebesbeziehung diskutierst.

A4 »Für immer und ewig, in guten wie in schlechten Tagen.« – Beschreibe die vorherrschenden Gefühle in Bergs Abrechnung mit dem Konzept von Liebe. Informiert euch über Theorien und Statistiken zur Dauer von Liebesbeziehungen und nehmt Stellung zum Verhältnis von Anspruch und Wirklichkeit.

© Estate of Roy Lichtenstein/
VG Bild-Kunst, Bonn 2021.

Zusatztexte: Liebe – wahr, echt, ehrlich, dauerhaft?

»Wir haben unsere Unschuld verloren und statt ihrer Ideen entwickelt. Wie Liebe sein müßte, richtige Liebe. Denken wir, muß sein wie fliegen, sich die Sachen vom Leib reißen, sich nie mehr trennen, nicht mehr essen, nicht mehr schlafen, wild muß es sein und seelenverwandt, aufregend, verrückt, und nachts tanzen im Regen, Hütchen tragen und 1000 Kilometer fahren nur für einen Kuß, der nie endet, und halten halten halten. Das ist die Idee, und sie meint, eigentlich wollen wir zurück in die Zeit, als wir eins mit der Mutter waren, Bedingungslosigkeit wollen wir, danach suchen wir und werden immer enttäuscht. Denn so ist es nie. Merken wir alle zwei Jahre, wenn wieder ein Traum zerbricht. […] Immer kürzer die Halbwertszeit von dem, was wir als Liebe bezeichnen, weil wir nicht wissen, wie man den Dreck nennen soll.«

Sibylle Berg: Ende gut. Köln 2004, 112 f.

Nur Mut zu Versprechungen! Versprechungen ziehen die Mädchen an. Rufe als Zeugen einen beliebigen Gott auf! Jupiter selbst lacht doch da oben über die Meineide von Liebenden. […] Wer aber gescheit ist, spielt straflos nur mit den Mädchen! Hierbei muss sich der Ehrliche mehr als der Spieler schämen. Blendet die Blenderinnen! Großteils sind sie doch das ruchlose Geschlecht. Sie sollen sich in den Schlingen verfangen, die sie selbst ausgelegt haben!

Ovid, Ars Amatoria, I,631–633 und 643–646. Übersetzung des Autors.

6 Freundschaft – vor, nach, statt, als Beziehung?

Aufgaben vor der Übersetzung

1. Markiere und bestimme alle Gliedsätze.

2. Markiere alle Adjektive und Pronomina nebst Bezugswort sowie Adverbien. Beschreibe damit die jeweilige Stimmung.

3. Diskutiert den Spruch: »Aus Freundschaft kann Liebe werden, aber aus Liebe keine Freundschaft.« Berücksichtigt, dass *amor* und *amicitia* von *amare* kommen.

Carmina 107, 109 und 75

Ist eine tragfähige Liebesbeziehung mit Lesbia überhaupt möglich? Und wenn ja, wie könnte diese aussehen? Bei allem Überschwang des frischen Verliebtseins scheint eine gewisse Zurückhaltung gegenüber Lesbias Verheißungen angebracht.

1 Si quicquam cupido optantique obtigit umquam	**obtingere**, ō, tigī: zuteil werden –
insperanti, hoc est gratum animo proprie.	**īnspērāns**, ntis: unverhofft –
Quare hoc est gratum nobisque est carius auro,	**propriē grātum:** wahrlich
quod te restituis, Lesbia, mi cupido.	willkommen – **quod:** *faktisch:*
5 Restituis cupido atque insperanti, ipsa refers te	dass – **sē restituere / sē referre**
nobis. O lucem candidiore nota!	(m. Dat.): zurückkommen zu –
Quis me uno vivit felicior? Aut magis hac res	**Ō … notā:** *etwa:* Was für ein
optandas vita dicere quis poterit?	Glückstag! (Glückstage wurden

Die Glossen zu Carmen 107 (rechte Spalte):

obtingere, ō, tigī: zuteil werden – **īnspērāns**, ntis: unverhofft – **propriē grātum:** wahrlich willkommen – **quod:** *faktisch:* dass – **sē restituere / sē referre** (m. Dat.): zurückkommen zu – **Ō … notā:** *etwa:* Was für ein Glückstag! (Glückstage wurden im Kalender weiß markiert) – **magis … vitā:** was man im Leben noch mehr will

1 Iucundum, mea vita, mihi proponis amorem	**propōnis:** *löst AcI aus*
hunc nostrum inter nos perpetuumque fore.	
Di magni, facite, ut vere promittere possit	**vērē** (Adv.): wahrhaft
atque id sincere dicat et ex animo,	**sincērus:** wirklich, aufrichtig –
5 ut liceat nobis totā perducere vitā	**ex animō:** aus innerer Überzeugung
aeternum hoc sanctae foedus amicitiae.	**foedus**, eris (n.): Bündnis, Bund

1 Huc est mens deducta tuā mea, Lesbia, culpā	
atque ita se officio perdidit ipsa suo,	
3 ut iam nec bene velle queat tibi, si optima fias,	**quīre,** eō, ivī, itum: in der Lage sein
nec desistere amare, omnia si facias.	**dēsistere:** aufhören, ablassen

A1 Beschreibe das Verhältnis zwischen dem Sprecher und Lesbia. Stelle aus deiner Lektüreerfahrung Gründe zusammen, nach denen er Lesbias Verheißungen nicht vorbehaltlos, sondern mit Zurückhaltung und Vorsicht begegnet.

A2 Beschreibe das Verhältnis von Freundschaft und Liebe in der Skulptur von Jean-Baptiste PIGALLE. Vergleiche es mit dem Text, indem du mögliche Gedanken des Sprechers beim Anblick der Skulptur formulierst.

A3 Prüfe anhand der Zusatztexte, ob wir heute dasselbe wie Catull bzw. die Antike meinen, wenn wir von »Freundschaft« bzw. »Liebe« sprechen.

Jean-Baptiste Pigalle, Freundschaft und Liebe, 1758.

A4 Sammelt und diskutiert weitere Spruchweisheiten zum Thema »Freundschaft und Liebe«. Nehmt Bezug auf die Gedichte in Kap. 3.

Zusatztexte: Sprache der Liebe, Sprache der Freundschaft?

Cicero (Lael. VI,6) definiert Freundschaft als »Konsens in allen menschlichen und göttlichen Dingen in Verbindung mit Wohlwollen und Wertschätzung«, Sallust (Cat. 20,2) als »dasselbe wollen und dasselbe nicht wollen«.

»Oft werden [in sozialen Netzwerken] die gleichen Metaphern, Hyperbeln und Vergleiche [für Freundschaft und Liebe] benutzt […]. So werden Freunde als »Engel auf Erden« und »einzigartige, wunderbare Wesen« bezeichnet, »die Ewigkeit der Freundschaft« beschworen, Kosenamen mit vielen Emoticons benutzt, Intensitätsmarkierungen vorgenommen wie in »Ich Liebe Dich Soooo Sehr!!!!!« (Facebook 2012). Vielfach lesen sich Sequenzen in Chat-Beiträgen von Freund(inn)en wie romantisches Liebesgeflüster. […]«
Monika SCHWARZ-FRIESEL: Sprache und Emotion. Tübingen-Basel 2013, 313.

»Wenn Catull also die Liebe in die Nähe […] einer Freundschaft rückt, ist das keine Einschränkung der Emotionalität der Verbindung; Catull tastet vielmehr mit neuen, noch unerprobten Worten danach, eine tiefere Art der menschlichen Beziehung ausdrücken zu können.«
Hans Peter SYNDIKUS: Catull. Eine Interpretation. Erster Teil. Darmstadt 2001, 22.

7 Eifersucht – Liebe wird zu Hass

Aufgaben vor der Übersetzung

1. Beschreibe mit Hilfe der Satzzeichen, sich (ggf. in veränderter Form) wiederholender Wörter und Vulgärausdrücke die Stimmung und Redesituation des Gedichts.

2. Das Gedicht lässt sich in drei Abschnitte (Verse 1–10, 11–16 und 17–20) gliedern. Benenne entsprechende Merkmale und Signale, die diese Einteilung begründen.

3. »Eifersucht ist eine Leidenschaft, die mit Eifer sucht, was Leiden schafft« (Franz GRILLPARZER): Erkläre diesen Spruch. Suche im Text Hinweise auf Eifersuchtsverhalten.

Carmen 37

Der Sprecher liebt Lesbia über alles, muss aber mit ansehen, wie sie immer tiefer sinkt und in einem einschlägigen Etablissement, oder ist es gar ihr eigenes Haus?, mit zahlreichen anderen Männern verkehrt. Liebe mischt sich mit Eifersucht, Enttäuschung mit Wut und Hass:

1	Salax taberna vosque contubernales,
	a pilleatis nona fratribus pila,
	solis putatis esse mentulas vobis,
	solis licere, quidquid est puellarum,
5	confutuere et putare ceteros hircos?
	An, continenter quod sedetis insulsi
	centum an ducenti, non putatis ausurum
	me unā ducentos irrumare sessores?
	Atqui putate: Namque totius vobis
10	frontem tabernae sopionibus scribam.
	Puella nam mi, quae meo sinu fugit,
	amata tantum, quantum amabitur nulla,
	pro qua mihi sunt magna bella pugnata,
	consedit istic. Hanc boni beatique
15	omnes amatis, et quidem, quod indignum est,
	omnes pusilli et semitarii moechi –
	tu praeter omnes, une de capillatis,
	cuniculosae Celtiberiae fili,
	Egnati, opaca quem bonum facit barba
20	et dens Hibera defricatus urina.

salāx: aufgeilend – **taberna** (Vok.): *hier:* Bordell – **contubernālis, is** (m.): *hier:* Nebenbuhler – **pilleati frātrēs, um** (m./Pl.): *metaphorisch:* Kastor-und-Pollux-Tempel – **nōnus:** der neunte – **pila:** Pfeiler – **mentula:** *vulgär:* Schwanz – **putātis:** *löst zwei AcI aus, bezogen auf die Nebenbuhler* – **confutuere:** vögeln – **hircus:** *hier:* stinkender, geiler Ziegenbock – **continenter:** ständig – **sedēre:** *hier:* rumlungern – **īnsulsus:** geistlos – **ducenti:** zweihundert – **irrumāre:** *hier:* zum Schweigen bringen – **sessor, is** (m.): *hier:* Tagedieb – **atquī** (Adv.): nun denn – **sopio, ōnis** (m.): Penis – **mī:** bezogen auf *amāta* – **pusillus:** *hier Subst.:* Wicht – **sēmītārius moechus:** *vulgär:* Hinterhoffreier – **praeter omnēs:** allen voran – **capillātus:** *Subst.; hier:* Schönling – **cunīculōsa Celtibēria:** hasenreiches Keltiberien – **Egnātius:** *Eigenname* – **opācus:** dicht – **barba:** Bart – **Hibērus:** iberisch – **dēfricāre:** abscheuern – **urīna:** Urin

A1 Beschreibe, wie die angeredeten Personen charakterisiert werden. Beachte die Häufung des Verbs *putare*. Zeige, wie indirekt Lesbia bloßgestellt wird.

A2 Beschreibe und deute Ernst Ludwig Kirchners Bild mit Bezug auf den Text.

A3 Der Dichter Ovid empfiehlt dem Verliebten, Nebenbuhler zu ertragen. Zeige auf, wie er zu dieser Einschätzung kommt, und belege am Text, ob Catull diese teilt.

A4 Das Motiv des *Miles amoris,* des Soldaten im Dienst der Liebe, ist in der Liebeselegie weit verbreitet. Beschreibe, was bei Properz diesen Soldaten ausmacht, und prüfe, ob dieses Motiv hier von Catull bedient wird. Beziehe Kap. 4, A4 und A5 mit ein.

A5 Informiere dich über den Begriff der Eifersucht und diskutiere das Gedicht vor diesem Hintergrund. Bringe ggf. eigene Erfahrungen mit ein.

Ernst Ludwig Kirchner, Rote Kokotte, 1914.

Zusatztexte: Dulden oder Kämpfen?

Einen Rivalen ertrage geduldig, dann wird dir der Sieg sicher sein. […] Nickt sie einem zu, ertrag es, schreibt sie, fass den Brief nicht an, sie möge kommen, woher, und gehen, wohin sie will. […] Noch gescheiter, wer ihr selbst Kontakte vermittelt und dabei den Unwissenden spielt. […] Hütet euch, Jungs, sie zu ertappen. Lasst sie sündigen und im Glauben, euch hinters Licht zu führen. Einmal ertappt, schweißt sie das an den anderen und lässt sie fortan offen fremdgehen.

Ovid, Ars II,539–560, gekürzt und leicht verändert. Übersetzung des Autors.

Viele sind in lange währender Liebe mit Freuden untergegangen. Als einen davon möge auch mich die Erde bedecken. Ich bin nicht für Orden oder für Waffen tauglich geboren; dass ich jedoch diese besondere Art von Kriegsdienst leiste, will das Schicksal.

Ich hasse den Schlaf, der nie von einem Seufzer unterbrochen wird; ach könnte ich doch immerzu vor der Erzürnten erbleichen! […] Entweder mit dir oder mit Nebenbuhlern um dich werde ich immer Krieg führen müssen: Bei dir werde ich keinen Frieden finden.

Properz, I,6,27–30 und III,6,27 f. 33 f. Übersetzung des Autors.

8 Es ist aus – auf dem Boden der Realität angekommen

Aufgaben vor der Übersetzung

1. *Omnia sunt ingrata.* – Schreibe deine ersten Gedanken zu diesem Satz auf. Diskutiert anschließend erst zu zweit, dann in der gesamten Gruppe darüber.

2. Zeige anhand von Schlüsselwörtern, dass sich der Sprecher des Beziehungsendes gewiss ist. Skizziere seine Gefühle.

3. Beschreibe das Bild von Edvard MUNCH auf der nächsten Seite und suche Hinweise in den Texten, die auf eine ähnliche Seelenverfassung hindeuten.

Carmina 58, 38 und 73

Es ist aus! Was soll man da noch sagen, fühlen, denken?

1 Caeli, Lesbia nostra, Lesbia illa,
   illa Lesbia, quam Catullus unam
   plus quam se atque suos amavit omnes,
   nunc in quadriviis et angiportis
5 glubit magnanimi Remi nepotes.

Caelius: *Eigenname* (ein Freund Catulls) – **quadrivium:** Kreuzung – **angiportum:** Seitengasse – **glūbere:** *hier sehr vulgär; etwa:* jmd. die Seele aus dem Leib vögeln – **māgnanimus:** hochherzig, erhaben

1 Malest, Cornifici, tuo Catullo.
   Malest, me hercule, et laboriose,
   et magis magis in dies et horas.
   Quem tu (quod minimum facillimumque est!)
5 qua solatus es allocutione?
   Irascor tibi. Sic tuos amores?
   Paulum quidlibet allocutionis,
   maestius lacrimis Simonideis!

Malest: *ugs. ~* male est – **Cornificius:** *Eigenname* – **labōriōsus:** qualvoll – **Quem:** *relativer Anschluss auf* Catullō – **sōlāri, or, ātus sum:** trösten – **allocūtio, ōnis** (f.): Trost, Zuspruch – **paulum ... allocūtiōnis:** *etwa:* eine Prise Zuspruch wenigstens – **Simonīdeus:** des Simonides (bekannter Lyriker)

1 Desine de quoquam quicquam bene velle mereri
      aut aliquem fieri posse putare pium.
   Omnia sunt ingrata. Nihil fecisse benigne
      prodest, immo etiam taedet obestque magis –
5 ut mihi, quem nemo gravius nec acerbius urget
      quam modo, quae me unum atque unicum amicum
   habuit.

dē quōquam ... merērī: *etwa:* um jmd. bemüht sein wollen – **putare:** *löst AcI aus* – **nihil prōdest:** es bringt nichts – **benīgnus:** edel, liebevoll – **taedet:** es widert an – **ut:** *hier:* besonders – **obesse:** schaden – **urgēre:** zusetzen

quam ... quae: als gerade die, die – **ūnicus:** einzig

A1 Fasse für jedes Gedicht in Form eines Gegensatzes die Gründe für die Verzweiflung des Sprechers zusammen, indem du jeweils den Satz vollendest: Einerseits ist er verzweifelt wegen/weil …, noch viel mehr aber wegen/weil … Ziehe eine gedankliche Verbindungslinie zwischen den Gedichten.

A2 Im sechsten Vers des dritten Gedichts ist unklar, ob ursprünglich *quae* oder *qui* stand; die inhaltliche Tragweite ist enorm. Bestimme die Relativpronomina je nach Kasus, Numerus und Genus. Zeige, dass grammatikalisch beides möglich wäre. Prüfe vor dem Hintergrund deiner Lektüreerfahrung die Alternative inhaltlich und entscheide dich für eine Variante.

A3 »Dem Kopf ist es längst klar, aber das doofe Herz …« – Diskutiere, ob diese Aussage zu Catulls Gedichten passt. Belege am Text und beziehe die Gedanken von GERNHARDT sowie die Aussage Ovids (met. III,142) mit ein: »Was für ein Verbrechen lag denn im Irrtum?«

A4 Der Psychologe Klaus SEJKORA unterscheidet nach einer Trennung fünf Phasen: »Verleugnung der Trennung«, »Intensive Emotionen brechen auf«, »Realisieren des Verlusts und tiefe Trauer«, »Übergangsphase« und »Neue Selbstdefinition und neue wirkliche Bindungen«.
Suche in den drei Texten Hinweise auf eine mögliche Phasenzuordnung des Sprechers.

Edvard Munch, Melancholie, 1894/96.

Zusatztext: »Herz und Hirn«

»Ist das Herz auf dem Sprung, ist das Hirn auf der Hut / Springt das Herz in die Luft, greift das Hirn nach dem Schirm / Schwebt das Herz himmelwärts, spannt das Hirn seinen Schirm / Stürzt das Herz auf den Schirm, ist das Hirn obenauf: / Siehste, mein Lieber. Immer schön auf dem Teppich bleiben!«

Robert GERNHARDT: Lichte Gedichte. Frankfurt/Main 1999, 21.

9 Abschiedsnotiz an sich selbst

Aufgaben vor der Übersetzung

1. Markiere die Prädikate nebst zugehörigem Subjekt sowie alle sich (ggf. in veränderter Form) wiederholenden Ausdrücke. Skizziere damit den Gedankengang von c. 8.

2. Beschreibe mit Hilfe von Schlüsselwörtern die innere Zerrissenheit des Sprechers.

Carmina 8 und 68, 135–146 gekürzt

Was tun, wenn es aus ist? Wie soll es weitergehen?

1 Miser Catulle, desinas ineptire	**ineptīre:** töricht handeln, spinnen
et, quod vides perisse, perditum ducas.	**perditum dūcere:** etw. endgültig
Fulsere quondam candidi tibi soles,	verloren geben – **fulgēre,** eō, fūlsī:
cum ventitabas, quo puella ducebat,	leuchten – **quondam:** einstmals –
5 amata nobis, quantum amabitur nulla.	**candidus:** *hier:* wolkenlos –
	ventitāre: *intens.* ~ venīre
Ibi illa multa cum iocosa fiebant,	**iocōsum:** *Subst.:* Neckerei
quae tu volebas nec puella nolebat,	
fulsere vere candidi tibi soles.	**vērē** (Adv.): wahrhaft
Nunc iam illa non vult. Tu quoque, impotens, noli	**iam nōn** ~ nōn iam – **impotēns:**
10 nec, quae fugit, sectare, nec miser vive,	*sh. Aufgabe* **A2** – **sectāre:** nach
sed obstinata mente perfer, obdura.	etw. trachten – **obstinātus:**
	fest entschlossen – **obdūrāre:**
Vale, puella, iam Catullus obdurat,	abhärten, dagegenhalten
nec te requiret nec rogabit invitam.	**rogāre:** *hier:* jmd. nachstellen
At tu dolebis, cum rogaberis nulla.	
15 Scelesta, vae te, quae tibi manet vita?	**scelestus** ~ scelerātus
Quis nunc te adibit? Cui videberis bella?	**bellus:** hübsch – **Cuius esse dicēris?:**
Quem nunc amabis? Cuius esse diceris?	Wessen Freundin wirst du genannt
Quem basiabis? Cui labella mordebis?	werden? – **bāsiāre:** küssen –
At tu, Catulle, destinatus obdura.	**labellum:** Lippe – **mordēre:**
	beißen – **destinātus** ~ obstinātus

1 Quae tamen etsi uno non est contenta Catullo,	**verēcundus:** ehrwürdig –
rara verecundae furta feremus erae [...].	**fūrtum:** *hier:* Seitensprung –
Tolle igitur questus, et forti mente, Catulle,	**era** ~ domina – **questus, ūs** (m.):
ingratum tremuli tolle parentis onus. [...]	Wehklage – **tremulus:**
	überbesorgt – **fragrāre:** duften –
5 Nec tamen illa mihi dextrā deducta paternā	**Assyrius:** assyrisch – **odor,** is (m.):
fragrantem Assyrio venit odore domum,	Duft – **fūrtīvus:** heimlich –
sed furtiva dedit mirā munuscula nocte,	**mūnusculum:** kleines Geschenk –
ipsius ex ipso dempta viri gremio.	**dēmere,** ō, dēmpsī, dēmptum:
	klauen, abziehen – **gremium:**
	Schoß

A1 Das erste Gedicht lässt sich in die Stadien »Vergangenheit – Gegenwart – Zukunft« einteilen. Überprüfe und begründe diese Einteilung.

A2 Der Sprecher bezeichnet sich darin als *miser* (Vers 1) und *impōtens* (Vers 9). Informiere dich in einem Wörterbuch über die jeweilige Bedeutungsvielfalt dieser Adjektive und entscheide dich begründet für eine treffende Übersetzung.

A3 Arbeite heraus, wie der Dichter in beiden Gedichten mit dem Motiv des Ertragens spielt. Zeige dabei, inwiefern c. 8 eine Antwort auf die Verse aus c. 68 darstellt und wie sich sein Bild von Lesbia entwickelt hat.

Edvard Munch, Die Frau in drei Stadien, 1925.

A4 Beschreibe das Bild von Edvard Munch. Setze es in Bezug zu den Texten. Beziehe Munchs eigene Deutung des Bildes ein: »Die Frau in ihrer Verschiedengeartetheit ist dem Mann ein Mysterium – Die Frau, die plötzlich zur Heiligen wird – Hure und eine unglücklich Hingegebene.« Überlege mögliche Gründe dafür, dass er das Bild ursprünglich »Sphinx« nannte.

A5 Benenne konkret die sprachlichen Mittel, mit denen Catull in c. 8 die innere Zerrissenheit des Sprechers untermalt.

A6 Beurteile die Konsequenz, die der Sprecher in c. 8 aus der Gewissheit des Scheiterns seiner Liebe für sein weiteres Leben ziehen will. Zeige Möglichkeiten auf, wie er seine Absicht real umsetzen könnte.

A7 Formuliere eine Entgegnung Lesbias an den Sprecher. Beziehe deine bisherige Lektüreerfahrung und v. a. die Frage, von wem die Initiative zur Liebesbeziehung ausging, mit ein.

10 Abschiedsnotiz an die vormals Geliebte

Aufgaben vor der Übersetzung

1. Notiere erste Eindrücke von der Gestaltung des Gedichts.

2. Stelle alle geo- und ethnografischen Bezeichnungen zusammen und informiere dich über diese.

3. Bestimme die Funktion der Konjunktive.

4. Suche Wörter aus vorherigen Gedichten, die hier wieder vorkommen.

Carmen 11

Die Liebe zu Lesbia ist verloren. Dennoch möchte der Sprecher noch einige letzte Worte an sie gerichtet wissen, um deren Übermittlung er zwei seiner »Freunde«, wohl Bekannte Lesbias, an denen er sonst in seinen Gedichten kaum ein gutes Haar lässt, bittet:

1 Furi et Aureli, comites Catulli,
 sive in extremos penetrabit Indos,
 litus ut longe resonante Eoā
  tunditur undā,
5 sive in Hyrcanos Arabesve molles,
 seu Sagas sagittiferosve Parthos,
 sive quae septemgeminus colorat
  aequora Nilus,
 sive trans altas gradietur Alpes
10 Caesaris visens monimenta magni,
 Gallicum Rhenum horribile aequor ulti-
  mosque Britannos,
 omnia haec, quaecumque feret voluntas
 caelitum, temptare simul parati –
15 Pauca nuntiate meae puellae
  non bona dicta:
 Cum suis vivat valeatque moechis,
 quos simul complexa tenet trecentos,
 nullum amans vere, sed identidem omnium
20 ilia rumpens.
 Nec meum respectet, ut ante, amorem,
 qui illius culpā cecidit velut prati
 ultimi flos, praetereunte postquam
  tactus aratro est.

Fūrius/Aurēlius: *Eigennamen*

sīve … seu … sīve: ob nun … oder … oder auch … (beliebig oft reih- und stellbar) – **extrēmus:** der entfernteste – **penetrāre:** vordringen (Subjekt zu *penetrābit* ist der Sprecher) – **ut:** *hier:* wo – **resonāre:** widerhallen – **tundere:** umbranden – **sagittifer, a, um:** Pfeile tragend – **septemgeminus:** *hier:* mit sieben Mündungen – **colōrāre:** färben – **gradī:** schreiten – **monimentum** ~ monumentum
horribilis, e: schaudervoll, grauenhaft

caelitēs, um (m.): *meist Pl.:* Götter – **temptāre:** *hier:* mittragen – **parātī:** *Attribut zu* Fūrī et Aurēlī *in V. 1*

moechus: Ehebrecher, Liebhaber

complectī, or, plexus sum: umarmen

vērē (Adv.): wahrhaft – **identidem:** fortlaufend – **ilia rumpere:** *etwa:* es hemmungslos mit jmd. treiben – **respectāre:** *hier:* auf etw. hoffen – **ut ante:** so wie früher – **prātum:** Wiese – **flōs:** Blume

arātrum: Pflug

A1 Zeige v. a. durch den Wortvergleich zu Beginn, dass es sich hier um eine Abrechnung mit Lesbia, einen Widerruf der Liebe, handelt, was dem Sprecher jedoch sehr schwerfällt. Erkläre das Bild der Blume in der letzten Strophe. Zeige eine Entwicklung zu c. 8 (Kap. 9).

A2 Beschreibe im Vergleich mit Catull, wie der Autor Pablo NERUDA die Gewissheit über das Scheitern der Liebe gestaltet. Vergleiche mit dem Bild rechts.

A3 Gliedere das Gedicht in zwei Teile. Zeige dabei, welchen Wert der Sprecher Freundschaft und Liebe zumisst und wie er dies dichterisch gestaltet.

Edvard Munch, Verzweiflung, 1893/94.

Zusatztext: »Das Lied der Verzweiflung«

»Die Erinnerung taucht aus der Nacht, in der ich weile. / Sein inständig Klagen vermählt der Strom dem Meer. // Verlassen wie die Molen im Morgengrauen. / Es ist die Stunde des Gehens, o ich Verlassener! // Auf mein Herz herab eisige Blüten regnen. / O Grube voll Schutt, wilde Felsenhöhle Gestrandeter. // […] Alles verschlangst du in dir, der endlosen Ferne gleich. / So wie das Meer, wie die Zeit. Alles in dir war Untergang! // Da war des Bedrängens, des Kusses selige Stunde. / Die Stunde des Staunens, die wie ein Leuchtfeuer glühte. // Unruhe des Piloten, blinden Tauchers Zorn, / Liebestrunkenheit, wirre, alles in dir war Untergang! // […] O Fleisch, mein Fleisch, Weib, das ich liebte und verlor, / dich rufe ich in dieser tränenfeuchten Stunde und singe. / Wie ein Gefäß gewährtest du Obdach der unendlichen Zärtlichkeit, / und das unendliche Vergessen brach dich in Stücke wie ein Gefäß. // […] O Frau, ich weiß nicht, wie auf dem Erdreich deiner Seele du / mich halten konntest, am Kreuz deiner Arme! // Mein Verlangen nach dir war das schrecklichste, flüchtigste, / aufgewühlteste, trunkenste, drängendste und voll der größten Gier. // […] O der wundgebissene Mund, die küssebedeckten Glieder, / o die hungertollen Zähne, die verflochtenen Leiber. // O irre Vermischung aus Erwarten und Vermessenheit, / in ihr umschlangen wir uns und verzweifelten. // Das war mein Geschick, mit ihm reiste meine Sehnsucht hin, / und meine Sehnsucht stürzte da hinein, alles in dir war Untergang. // […] Ist des Scheidens Stunde, die harte, die eisige Stunde, / die jedem Zifferblatt die Nacht unterwirft. // Ach, jenseits von allem. Ach, jenseits von allem. // Es ist die Stunde des Scheidens. O Verlassener ich!«

Pablo NERUDA: Zwanzig Liebesgedichte und ein Lied der Verzweiflung. Übertragen von Erich ARENDT. Leipzig 1958, 64–69 gekürzt.

11 Undank ist der Welten Lohn – eine Bilanz

Aufgaben vor der Übersetzung

1. Erstelle je ein Sachfeld zu den Themen »Anstand und Ehre« sowie »Krankheit und Elend«.

2. Markiere im ersten Satz alle Glieder des AcI und löse alle Hyperbata auf.

3. Sammle abschnittsweise (V. 1–9, 10–16, 17–26) Hinweise auf die jeweilige Stimmung.

Carmen 76

Der Sprecher zieht Bilanz – er kommt zur Erkenntnis, gekämpft und alles für die Geliebte getan zu haben, doch vergeblich. Kann das vielleicht erklären, warum er gleichzeitig liebt und hasst (vgl. c. 85)? Und wird er es schaffen, sich zu lösen?

1 Siqua recordanti benefacta priora voluptas	**Siqua voluptas est** (+Dat.): wenn jmd. einmal Lust hat – **recordāri:** sich etw. vergegenwärtigen – **benefactum** ~ beneficium – **violāsse** ~ violāvisse – **dīvum:** *Gen. Pl.; Attribut zu* nūmine – **abūtī,** or, ūsus (+Abl.): missbrauchen – **aetas,** atis (f.): *hier:* Leben
est homini, cum se cogitat esse pium	
nec sanctam violasse fidem nec foedere nullo	
divum ad fallendos numine abusum homines,	
5 multa parata manent in longa aetate, Catulle,	
ex hoc ingrato gaudia amore tibi.	
Nam quaecumque homines bene cuiquam <u>aut</u> dicere possunt	
<u>aut</u> facere, haec a te dictaque factaque sunt.	**...-que ...-que** ~ et... et...
10 Omnia, quae ingratae, perierunt, credita menti.	**Omnia ... menti:** *Stelle so:* Omnia, quae ingrātae mentī crēdita (sunt), periērunt. – **ingrātus:** undankbar – **iam amplius** (Adv.): noch länger – **excruciāre:** martern, quälen, peinigen – **animō offirmāre:** fest entschlossen sein – **istinc sē redūcere:** sich zurückziehen – **quā libet:** irgendwie – **pervincere:** schaffen
Quare iam te cur amplius excrucies?	
Quin tu animo offirmas atque istinc teque reducis	
et dis invitis desinis esse miser?	
Difficile est longum subito deponere amorem.	
15 Difficile est, verum hoc qua libet efficias.	
Una salus haec est. Hoc est tibi pervincendum.	
Hoc facias, sive id non pote sive pote.	
O di, si vestrum est misereri aut si quibus umquam	**vestrum est:** es ist euer Wesen – **miserēri:** Erbarmen haben
extremam, iam ipsa in morte, tulistis opem,	
20 me miserum aspicite et, si vitam puriter egi,	**pūriter** (Adv.): rechtschaffen
eripite hanc pestem perniciemque mihi,	**pestis,** is (f.): Seuche, Krankheit
quae mihi subrepens imos ut torpor in artus	**subrēpēns ... artūs:** wie eine Gliederlähmung durch den Körper schleichend – **contra dīligere:** die Liebe erwidern
expulit ex omni pectore laetitias.	
Non iam illud quaero, contra me ut diligat illa,	
25 aut, quod non potis est, esse pudica velit.	**pudīcus:** ehrbar
Ipse valere opto et taetrum hunc deponere morbum.	**taeter,** tra, trum: abscheulich, schändlich
O di, reddite mi hoc pro pietate mea!	

A1 Fasse zusammen, welchen Ausweg der Sprecher aus der gescheiterten Liebe sieht, und beurteile, wie erfolgreich er ist. Vergleiche mit den Kapiteln 9 und 10.

A2 Erstelle ein Charakterbild von Lesbia und dem Sprecher sowie ein Bild von deren Beziehung aus dessen subjektiver Sicht. Beurteile vor deiner Lektüreerfahrung abschließend das Verhalten beider Personen im Umgang mit deren Beziehung.

Edvard Munch, Loslösung, 1896.

A3 Zeige, wie Catull im Gedicht, Juli Zeh im Roman und Edvard Munch im Bild jeweils das Konzept der Liebe als Krankheit aufgreifen.

A4 Nimm Stellung zu folgender These: Hier handelt es sich um eine Art Testament, in dem das, was in c. 85 in lakonischer Kürze verdichtet wurde, nun in voller Breite ausgeführt wird.

A5 Diskutiert, welche der beiden Sichtweisen förderlicher für eine dauerhafte und glückliche Beziehung ist: »Gleich und gleich gesellt sich gern«, oder: »Gegensätze ziehen sich an«.

Zusatztext: Ist Liebe eine Krankheit?

»Sie befürchtete, dass die Ursache für ihren Zustand in den täglichen Begegnungen mit Alev bestehe, dass seine Nähe sie krank mache wie die Nähe des verkleideten Teufels einen klugen Hund, der sich winselnd hinter der Tür verkriecht, weil seine Instinkte besser funktionieren als die seines Herrn. Beständig stürzten ihre Gedanken sich auf Alev, als hätten sie nur darauf gewartet, endlich einen Gegenstand zu finden, den sie umkreisen durften wie ein Fliegenschwarm frischen Kot, begierig, sich niederzulassen, zu naschen, zu streiten, wieder aufzusteigen. […] So nicht, so keinesfalls. Jede Große Liebe nahm sich selber ernst, war anders, als es die Vorurteile versprachen, war schädlich, gesundheitsbedrohend oder Schlimmeres. Und Ada wusste, die höchstmögliche Stufe paradoxer Erkenntnis erklimmend, dass die Große Liebe genau in diesem Anderssein alle Kriterien des Schemas erfüllte.«
Juli Zeh: Spieltrieb. Frankfurt/Main 2004, 134. 136.

Metrik

Lateinische Dichtung unterscheidet sich von Prosa durch eine bestimmte Abfolge langer und kurzer Silben. Entscheidend für die klangliche Wirkung eines Verses ist damit die sog. Quantität. Das unterscheidet sie von deutscher Dichtung, wo der Akzent, also die Betonung bzw. die Abfolge betonter und unbetonter Silben, entscheidend ist.

Die kleinste metrische Einheit ist der Versfuß. Die wichtigsten Kombinationen von Längen und Kürzen, die dann das Versmaß bilden, nach dem die Verse geschmiedet werden, sind der Jambus (kurz – lang), Trochäus (lang – kurz), Daktylus (lang – kurz – kurz) und Spondeus (lang – lang).

Im Vers werden lange Silben mit einem Strich (—), kurze mit einem Häkchen (˘) markiert, z. B. ă-mō. Doppeldeutige Silben, die entweder kurz oder lang sind, heißen *anceps* und werden mit einem × markiert.

Lateinische Verse wurden also zwar nach bestimmten Versregeln verfasst, aber wie Prosa gelesen. Dies umzusetzen ist für uns nur schwer möglich, eben weil wir es gewohnt sind, Verssilben akzentuierend zu betonen, doch dann wirken die Verse künstlich und gerade nicht so, wie sie wirken sollen, nämlich fließend, unmittelbar und natürlich. Bemüht man sich, alle Längen auch wirklich lang anstatt gekünstelt betont zu lesen, also letztlich schlicht jedes Wort »ganz normal«, aber eben »richtig« zu lesen, ergibt sich ein rhythmisches Lesen fast von allein. Insofern ist es unabdingbar, vor dem Lesen eines Verses diesen zu skandieren, d. h. Längen und Kürzen der Silben zu markieren. Hierfür muss man einige wenige Regeln der (Vers-)Aussprache kennen.

»Grundgesetz« der Aussprache lateinischer Wörter ist die sog. »Paenultima-Regel«: Lateinische Wörter werden nie auf der letzten, sondern grundsätzlich auf der vorletzten Silbe betont. Hat ein Wort mehr als zwei Silben, muss man schauen, ob die vorletzte lang oder kurz ist: Ist sie kurz, rutscht die Betonung auf die drittletzte Silbe.

Wann aber ist eine Silbe kurz, wann lang? Enthält sie einen langen Vokal oder einen Diphthong, so ist sie »naturlang«, d. h. von ihrem Wesen her lang, ob sie nun in einem Vers steht oder nicht; dazu gehören z. B. die Endungen im Ablativ Singular. Im Vers kann jedoch auch eine eigentlich kurze Silbe als lang empfunden werden, und zwar wenn sie vor mind. zwei Konsonanten steht, z. B. nē-scī-ŏ (in der Prosa: nĕ-scī-ō). Man nennt diese Silbe dann »positionslang«, d. h., sie muss nicht unbedingt auch naturlang sein und wird, falls nicht auch naturlang, weiter kurz gesprochen. Für die Messung dieser Vokalhäufung sind Wortgrenzen unerheblich! Ferner kann eine Silbe kurz oder lang sein, wenn ihr innerhalb eines Wortes eine Kombination aus den Buchstaben b, d, g, p, t oder c vor l oder r folgt (*Muta cum liquida*), d. h., auch wenn hier zwei Konsonanten stehen, muss die Silbe nicht positionslang sein.

Für den Vers ist zuletzt relevant: Endet ein Wort auf einen Vokal (oder Vokal mit -m) und beginnt das nächste mit einem solchen, treffen also über die Wortgrenze hinweg zwei Vokale aufeinander, so wird der Vokal am Wortende i. d. R. unterdrückt (»Elision«), die Wörter also so gelesen, als wäre es eines; Bsp.: *odi et*, gesprochen als »odet«. Ist das folgende Wort *es* oder *est*, wird dieses e, also der Anfangsvokal, unterdrückt (»Aphärese«).

Häufigstes Metrum Catulls ist das sog. »Elegische Distichon«, ein Verspaar aus daktylischem Hexameter und daktylischem Pentameter. Der Hexameter besteht aus sechs Versfüßen, normalerweise sechs Daktylen, wobei der letzte verkürzt ist, d. h., die letzte Silbe kann lang oder kurz sein. Grundsätzlich können die beiden Kürzen aber auch durch eine Länge, die Daktylen also durch Spondeen ersetzt werden (was beim fünften Versfuß jedoch nur selten geschieht, daher wird es im Schema unten nicht notiert). Der Pentameter besteht sozusagen aus zweimal 2 ½ Daktylen, wobei die beiden Hälften stark getrennt sind und nur in der ersten Hälfte die Kürzen durch eine Länge ersetzt werden können. Damit ergibt sich folgendes Schema für das elegische Distichon (der Pentameter wird meist eingerückt dargestellt):

$$— \smile\smile \quad — \smile\smile \quad — \smile\smile \quad — \smile\smile \quad — \smile\smile \quad — \times$$
$$— \smile\smile \quad — \smile\smile \quad — \; \| \; — \smile\smile \quad — \smile\smile \; \times$$

Catull verwendet jedoch noch weitere Versmaße. Für unsere Textauswahl sind dabei die folgenden relevant.

Der »Jambische Trimeter« besteht aus sechs Jamben. Leider sind in diesem regelmäßigen Grundaufbau zahlreiche Variationen möglich, so dass sich dieses komplizierte Schema ergibt:

$$\circ \smile\smile \quad \smile \smile\smile \quad \circ \smile\smile \quad \smile \smile\smile \quad \circ \smile\smile \quad \smile \times$$

Die mit ∘ markierten Stellen können aus einer Kürze, zwei Kürzen oder einer Länge bestehen.

Der Choliambus (auch »Hinkjambus« genannt) ist ein jambischer Trimeter, bei dem die letzte Kürze, also die vorletzte Silbe, durch eine Länge ersetzt wird, wodurch der jambische Rhythmus zu »hinken« scheint, weil zwei Längen (generell werden hier die Längen selten durch Kürzen ersetzt) aufeinandertreffen.

$$\times \; — \quad \smile \; — \quad \times \; — \quad \smile \; — \quad \smile \; — \quad — \; \times$$

Einfacher, da stets aus elf Silben bestehend, ist der Hendekasyllabus (»Elfsilbler«):

$$\times \; \times \quad — \; \smile \smile \quad — \; \smile \quad — \; \smile \quad — \; \times$$

Meist sind die ersten beiden Silben lang.

Die »Sapphische Strophe« setzt sich aus drei sapphischen Hendekasyllaben sowie einem fünfsilbigen Adoneus im vierten Vers (meist eingerückt dargestellt) zusammen:

$$— \; \smile \quad — \; \times \quad — \; \smile \smile \quad — \; \smile \quad — \; \times$$
$$— \; \smile \quad — \; \times \quad — \; \smile \smile \quad — \; \smile \quad — \; \times$$
$$— \; \smile \quad — \; \times \quad — \; \smile \smile \quad — \; \smile \quad — \; \times$$
$$— \; \smile \smile \quad — \; \smile$$

Gehe bei einer metrischen Analyse stets so vor:
1. Trage Elisionen und Aphäresen ein. Zähle die Silben. So kannst du oft schon die Versart bestimmen oder zumindest einige ausschließen.
2. Trage Positions- und Naturlängen ein.
3. Bestimme endgültig das Versmaß und skandiere den Vers gemäß dem jeweiligen Schema.

Stilmittel

Die Liste ist längst nicht abschließend, sondern bildet lediglich eine Grundlage für die Analyse. Überlege jeweils, welche Wirkung durch das Stilmittel erzeugt wird.

Alliteration
Mind. zwei i. d. R. direkt aufeinander folgende Wörter beginnen mit demselben Buchstaben.
parum pudicum / [...] *pium poetam* / [...] *parum pudici* / [...] *pueris* [...] *pilosis* (c. 16,4 f. 8. 10)

Anapher und Epipher (in Verbindung miteinander: Symploke)
Mind. zwei Satzteile oder Sätze beginnen bzw. enden mit demselben Wort.
Passer mortuus est meae puellae, passer, deliciae meae puellae. (c. 3,3 f.)

Antithese
Ein starker Gegensatz wird aufgebaut.
Quintia formosa est multis – mihi candida [...] *est.* (c. 86,1 f.; hier mit Chiasmus verstärkt)

Chiasmus
Sich entsprechende Wörter oder Wortgruppen werden nach dem Schema A B B A verschränkt.
velles dicere nec tacere posses. (c. 6,3)

Hyperbaton
Attribut und Bezugswort stehen nicht beieinander, sondern durch mindestens ein Wort getrennt.
meos amores cum longā voluisti amare poenā (c. 40,7 f.)

Hyperbel
Übertreibung.
Ille [...] *videtur* [...] *superare divos.* (Jener scheint mir noch größer als die Götter; c. 51,1 f.)

Metapher und Metonymie
Der eigentliche Ausdruck wird durch einen anderen ersetzt, wobei im ersten Fall der neue Begriff einem anderen Bereich, im zweiten demselben Bereich wie der alte entstammen.
seges osculationis (Saatfeld unserer Küsse; c. 48,6)
cubile clamat (das Schlafzimmer schreit – gemeint ist: die Schlafende; c. 6,7)

Polyptoton
Dasselbe Nomen oder Verb begegnet in anderer Flexionsform wieder.
Passer mortuus est [...] / [...] *passerem abstulistis* / [...] *O miselle passer!* (c. 3,3.15 f.)

Polysyndeton und Asyndeton
Entweder werden alle Glieder einer Aufzählung oder keines mittels Konjunktion verbunden.
Eine Einheit mit drei Gliedern nennt man »Trikolon«, mit vieren »Tetrakolon«; laufen sie auf einen Höhepunkt zu bzw. davon weg, nennt man das »Klimax« bzw. »Antiklimax«.
Mihi candida, longa, recta est. (c. 86,1 f.)
non sine puella et vino et sale et omnibus cachinnis. (c. 13,4 f.)

Rhetorische Frage
Es wird eine Frage gestellt, auf die man keine Antwort erwartet, weil diese offensichtlich ist.
Nescis, quod facinus facias? (c. 81,6)

Übung zu Metrik und Stilmitteln

Übertrage alle Versbeispiele in dein Heft. Ordne sie einer Versart zu. Nimm jeweils eine genaue metrisch-stilistische Analyse vor.

Versbeispiel 1	c. 51,13–16

Otium, Catulle, tibi molestum est.
 Otio exsultas nimiumque gestis.
 Otium et reges prius et beatas
    perdidit urbes.
	Mußezeit, Catull, ist schwer für dich.
	 In der Mußezeit jubelst und tanzt du zu wild.
	 Mußezeit vernichtete immer schon Könige und
	    glückliche Städte.

Versbeispiel 2	c. 1,1 f.
Cui dono lepidum novum libellum arida modo pumice expolitum?	Wem schenke ich mein gefälliges neues Buch, gerade eben vom trockenen Bimsstein geglättet?

Versbeispiel 3	c. 52
Quid est, Catulle? Quid moraris emori? Sella in curuli struma Nonius sedet, per consulatum peierat Vatinius. Quid est, Catulle? Quid moraris emori?	Was ist, Catull? Warum stirbst du nicht endlich? Auf dem Kurulischen Stuhl sitzt der Dickhals Nonius, »Bei meinem Konsulat!« schwört Vatinius meineidig. Was ist, Catull? Warum stirbst du nicht endlich?

Versbeispiel 4	c. 22,1–3
Suffenus iste, Vare, quem probe nosti, homo est venustus et dicax et urbanus, idemque longe plurimos facit versus.	Dieser Suffenus, den du, Varus, ganz gut kennst, ist ein gewandter, beredter, geistreicher Mensch, und eben der macht auch weiß wie viele Verse.

Versbeispiel 5	c. 1,1 f.

Quintia formosa est multis. Mihi candida, longa,
    recta est – haec ego sic singula confiteor.
 Totum illud formosa nego: Nam nulla venustas,
    nulla in tam magno est corpore mica salis.
	Quintia finden viele schön. Ich finde sie herrlich, groß / und schlank – im Einzelnen alles geschenkt. / Aufs Gesamt aber spreche ich ihr das »schön« ab: Denn keinerlei Liebreiz, / kein bisschen Esprit ist in diesem so großen Körper.

Versbeispiel 6	c. 31,7–10
O quid solutis est beatius curis, cum mens onus reponit ac peregrino labore fessi venimus larem ad nostrum desideratoque acquiescimus lecto?	Was ist glücklicher, als wenn nach Lösung von den Sorgen / der Geist die Last ablegt und wir von der Qual / der Reise zu unserem eigenen Lar kommen / und uns im ersehnten Bett ausruhen?

Versbeispiel 7	c. 68,155 f.

Sitis felices, et tu simul et tua vita
    et domus, in qua nos lusimus et domina.
	So seid denn glücklich, du und sie, dein Leben,
	    und das Haus, in dem wir uns vergnügten, und die Hausherrin.

Lernwortschatz

amāre	lieben	**oblīvīscī,** or, lītus	vergessen
amor, ōris (m.)	Liebe	sum	
bāsiāre	küssen	**perdere,** ō, didī,	vernichten,
bāsiātio, ōnis (f.)	*im Pl.:* Küsse	ditum	verderben, verlieren
bāsium	Kuss	**perīre,** eō, iī,	untergehen,
beātus	glücklich,	itūrum	vergehen
	glückselig	**potis,** e	möglich, fähig,
			imstande
cārus	teuer, lieb, wert		
culpa	Verschulden,	**quārē**	*als Frage:* weshalb?
	Schuld		*anschließend:* daher
cupidus	begierig,		
	leidenschaftlich	**requīrere,** ō,	fragen, verlangen,
		quīsīvī, quīsītum	sich erkundigen
dēdūcere, ō, dūxi,	herabführen,		
ductum	fortbringen	**supplex**	demütig bittend
desinere, ō, siī,	ablassen, aufhören		
situm		**tacēre**	schweigen
desistere, ō, stitī,	ablassen, aufhören		
stitum		**ultimus**	der letzte, äußerste
deus, *im Pl. gew.* **dī**	Gott	**umquam**	jemals
dīcere, ō, dixī,	sagen, sprechen		
dictum		**valēre**	stark sein
dīligere, ō, lēxī,	lieben, schätzen,		*als Abschieds-*
lēctum	hochachten		*gruß:* wohlleben
		velle, volō, voluī	wünschen, wollen
ferre, ō, tulī, lātum	tragen, ertragen	**mālle,** mālō,	lieber wollen
fierī, fīō, factus sum	werden, entstehen	māluī	
fovēre, eō, fōvī,	wärmen, gewogen	**nōlle,** nōlō, nōluī	nicht wollen
fautum	sein	**vērē** (Adv.)	wahrhaft
		vidērī, eor, vīsus	den Anschein haben
indignus	unwürdig, unfähig,	sum	
	unberechtigt	**vīsere,** ō, ī, vīsum	besichtigen,
ingrātus	undankbar,		anschauen
	unbeliebt	**vīvere,** ō, vīxī,	leben
laetus	fröhlich	vīctum	
		vita	Leben
mihi *bzw.* **mī**	mir		
miser	elend, erbärmlich		

Sehr häufig verwendet Catull Adjektive nicht in der Grundform, sondern gesteigert. Der Komparativ wird dabei auf *-ior* (m./f.) bzw. *-ius* (n.) gebildet und entsprechend der konsonantischen Deklination gebeugt. Die Endung für den Superlativ ist in aller Regel *-issimus, -issima, -issimum,* gebeugt wird gemäß der a-/o-Deklination.